Charlotte aux Fraises

Le bal des étoiles filantes

W0387833

Conception et illustrations :
Turbulences Presse

hachette
JEUNESSE

Loi n°49-956 du 16 juillet 1949 sur les publications destinées à la jeunesse.
Maquette : Cécile Chemel pour www.noook.fr
Imprimé par Macrolibros en Espagne
Dépôt légal : août 2013 – Édition 01
Achevé d'imprimer en août 2013.
ISBN : 978-2-01-227419-8

AMERICAN GREETINGS

À Fraisi-Jardin, Charlotte aux Fraises et ses amies sont très occupées. Ce soir, un grand bal est organisé pour fêter la Première Nuit des Étoiles Filantes.

– Tu crois que tout sera prêt à temps ? s'inquiète Fleur d'Orange.

– Bien sûr ! En plus, tous les ingrédients sont réunis pour que la soirée soit réussie : des fraisi-amies, un soleil radieux, un événement magique !

– Alors au travail ! s'exclame Lilie Framboise.

Baba Hortensia a préparé de belles invitations pour le bal. Elle a utilisé son papier à lettres qui sent bon la myrtille et a collé des étoiles dorées.

– C’est magnifique ! Tu es très douée ! s’écrie Charlotte aux Fraises.

Prunetille, quant à elle, choisit la musique sur laquelle ses amies danseront.

– On ne sait pas valser... avouent Lilie Framboise et Fleur d'Orange timidement.

– Je vais vous apprendre ! les rassure Prunetille.

Une fois les pas appris, Lilie Framboise lance :

– Venez avec moi, c'est à mon tour de vous faire une surprise !

Charlotte aux Fraises, Mimie Citron et Baba Hortensia rejoignent Fleur d'Orange et Prunetille chez Lilie Framboise. Elles sont impatientes de découvrir les tenues que leur amie leur a confectionnées !

– Et voilà ! annonce la couturière en sortant de magnifiques robes.

Ce soir, c'est sûr, nous serons de vraies princesses !
– Elles sont splendides ! s'exclame Charlotte aux Fraises.
– Grâce à toi, nous serons les plus belles sur la piste de danse.
– À mon tour de vous faire plaisir ! annonce Mimie Citron.

En pénétrant dans le salon de coiffure, les filles découvrent six magnifiques chapeaux.

– C'est fraisi-fabuleux ! s'écrient-elles, tout en sautant de joie.

Et en moins de temps qu'il n'en faut pour retourner une crêpe, les chapeaux colorés et parfumés se retrouvent sur leurs têtes.

– Ils vous vont à merveille ! affirme Mimie Citron.

– Maintenant, aidons Fleur d'Orange à préparer le buffet !

Dans l'épicerie, les amies organisent le buffet. Fleur d'Orange prépare des petits légumes d'été tandis que Lilie Framboise décore de petits cakes aux fruits rouges avec de la mousse aux éclats de pistache.

– Et si on faisait des brochettes de fruits ? propose Charlotte aux Fraises.
– Quelle bonne idée ! s'exclame Mimie Citron.
– Ce sera un festin ! affirme Prunetille.

Dans l'après-midi, les filles se retrouvent au Palais des Baies. Il doit être décoré en l'honneur des Premières Étoiles Filantes. Charlotte aux Fraises et Prunetille tendent un drap étoilé au plafond pendant que Mimie Citron et Fleur d'Orange installent des bouquets de fleurs multicolores. Baba Hortensia et Lilie Framboise accrochent de grandes étoiles au mur pour le décorer.

Les préparatifs sont maintenant terminés. Charlotte aux Fraises et ses amies sont un peu fatiguées par cette dure journée, mais le résultat en valait la peine !

– Ce soir, s'exclame Baba Hortensia, le Palais des Baies brillera de mille feux !

– Nous avons bien mérité un peu de repos avant de revenir pour la fête ! dit Charlotte aux Fraises.

Charlotte aux Fraises rentre tranquillement chez elle pour se reposer un peu avant de se préparer. Clafoutis et Pralinette l'accueillent joyeusement.
– Alors mes petits chéris, vous vous êtes bien amusés ?

Elle n'a même pas le temps de finir sa phrase qu'ils sont déjà repartis, à la poursuite d'un papillon !

– Mais où est passée la robe que Lilie Framboise m'a confectionnée ? Je l'avais pourtant posée ici... Nom d'un petit macaron !
Charlotte aux Fraises la cherche partout, mais la robe a disparu...

Tout à coup, les aboiements de Clafoutis attirent l'attention de la petite fille : un colibri est en train de jouer avec sa robe ! Clafoutis essaie de le rattraper, mais rien n'y fait. Le colibri s'envole et un fil de la robe se prend dans une branche. L'étole commence à s'effiler...

Soudain, la sonnette retentit. Charlotte aux Fraises sursaute et ouvre les yeux. C'est Lilie Framboise qui lui apporte sa robe.

– J'ai fait un terrible cauchemar, raconte Charlotte aux Fraises. Ma robe était toute déchirée et je ne pouvais pas aller au bal !

– Rassure-toi, ta robe est intacte. Tu l'avais oubliée dans mon atelier !

Une fois que Charlotte aux Fraises a repris ses esprits, elle remercie ses amies :
– Heureusement que vous êtes là !
– Les amies sont là pour ça, tu sais, ajoute Fleur d'Orange.
– Et maintenant, en avant pour le Palais des Baies ! lance Baba Hortensia.

Alors que la nuit tombe, le Palais des Baies accueille les Princesses des Étoiles.

– Que le bal de la Première Nuit des Étoiles Filantes commence ! s'exclame Charlotte aux Fraises.

– Musique maestro ! dit Fleur d'Orange alors que Mimie Citron lance la musique.

Grâce à Prunetille qui leur a appris les pas, les filles commencent à valser en rythme. Et même Lilie Framboise s'amuse beaucoup !

Pour se reposer entre deux valses, les filles décident de sortir du Palais des Baies pour admirer le ciel.

– Comme c'est beau ! s'écrie Mimie Citron.

– Regardez ! s'exclame Charlotte aux Fraises, en montrant la vague d'étoiles filantes qui traverse le ciel. Je crois que cette année nos vœux n'ont pas fini d'être exaucés !

Et même si les princesses ne l'avouent pas, leur vœu le plus cher est déjà réalisé : passer une merveilleuse soirée entre fraisi-amies !